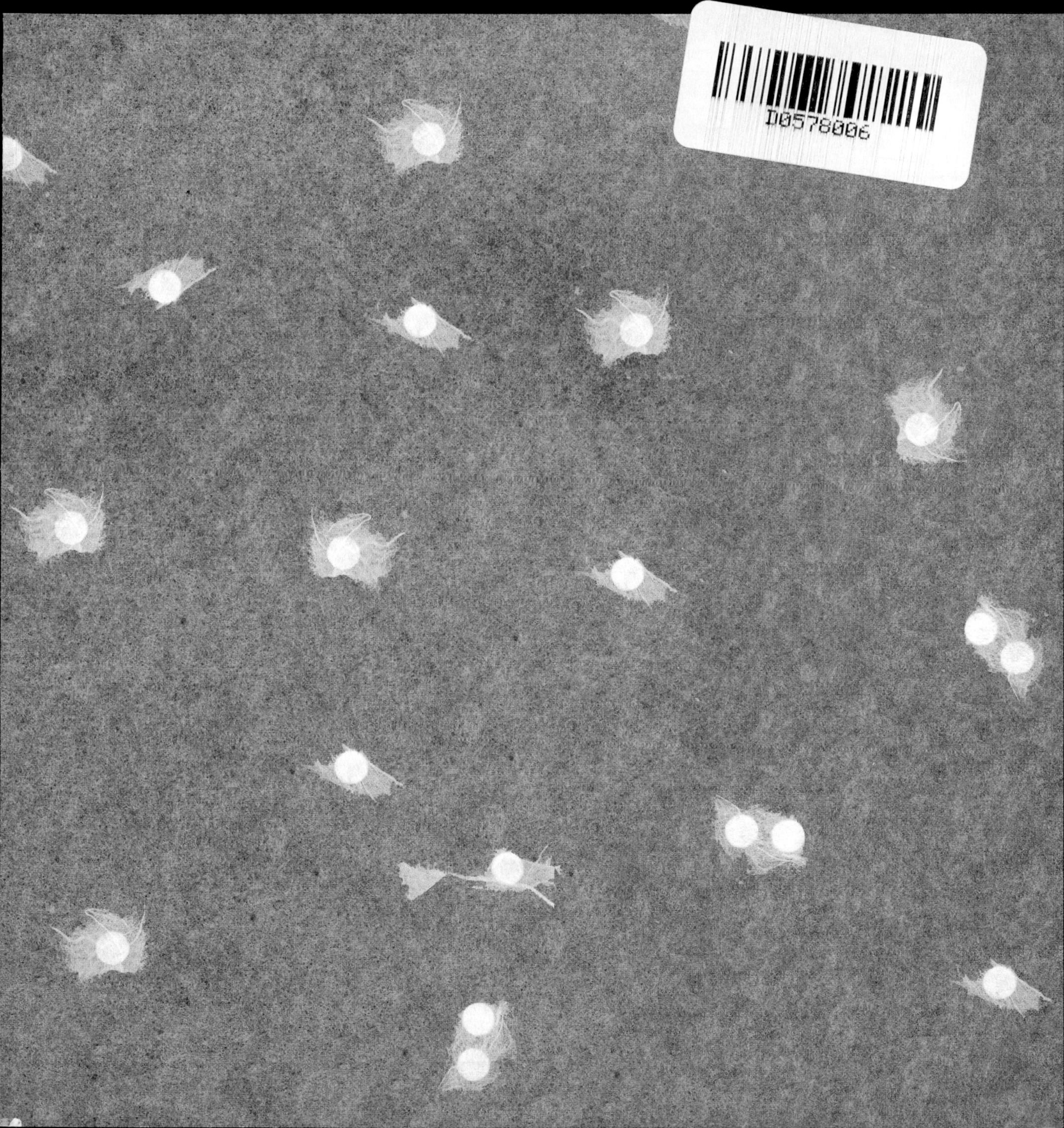
D0578006

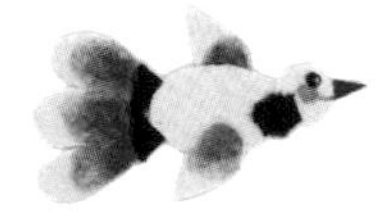

*para las gemelas Mathilde y Claire*

Puede consultar nuestro catálogo en www.edicionesobelisco.com / www.picarona.net

COSQUILLAS
Texto e ilustraciones: *Françoise Chabot*

1ª. edición: mayo de 2016

Título original: *Chatouilles*

Traducción: *Joana Delgado*
Maquetación: *Isabel Estrada*
Corrección: *M.ª Ángeles Olivera*



Edita: Picarona, sello infantil de Ediciones Obelisco, S. L.
Pere IV, 78 (Edif. Pedro IV) 3.ª planta 5.ª puerta
08005 Barcelona - España
Tel. 93 309 85 25 - Fax 93 309 85 23
E-mail: picarona@picarona.net

ISBN: 978-84-16117-99-4
Depósito Legal: B-6.868-2016

*Printed in Spain*

Impreso en España por ANMAN, Gràfiques del Vallès, S. L.
C/ Llobateres, 16-18, Tallers 7 - Nau 10. Polígono Industrial Santiga.
08210 - Barberà del Vallès (Barcelona)

Françoise Chabot

# Cosquillas

¡Qué bonita
es la nieve!

¡Qué divertidas
son las volteretas!

¡Qué chachis
son las cosquillas!

¡Eh!
¿y ése quién es?

Pero,
¿qué haces?

¡Eh!

¡Espera!

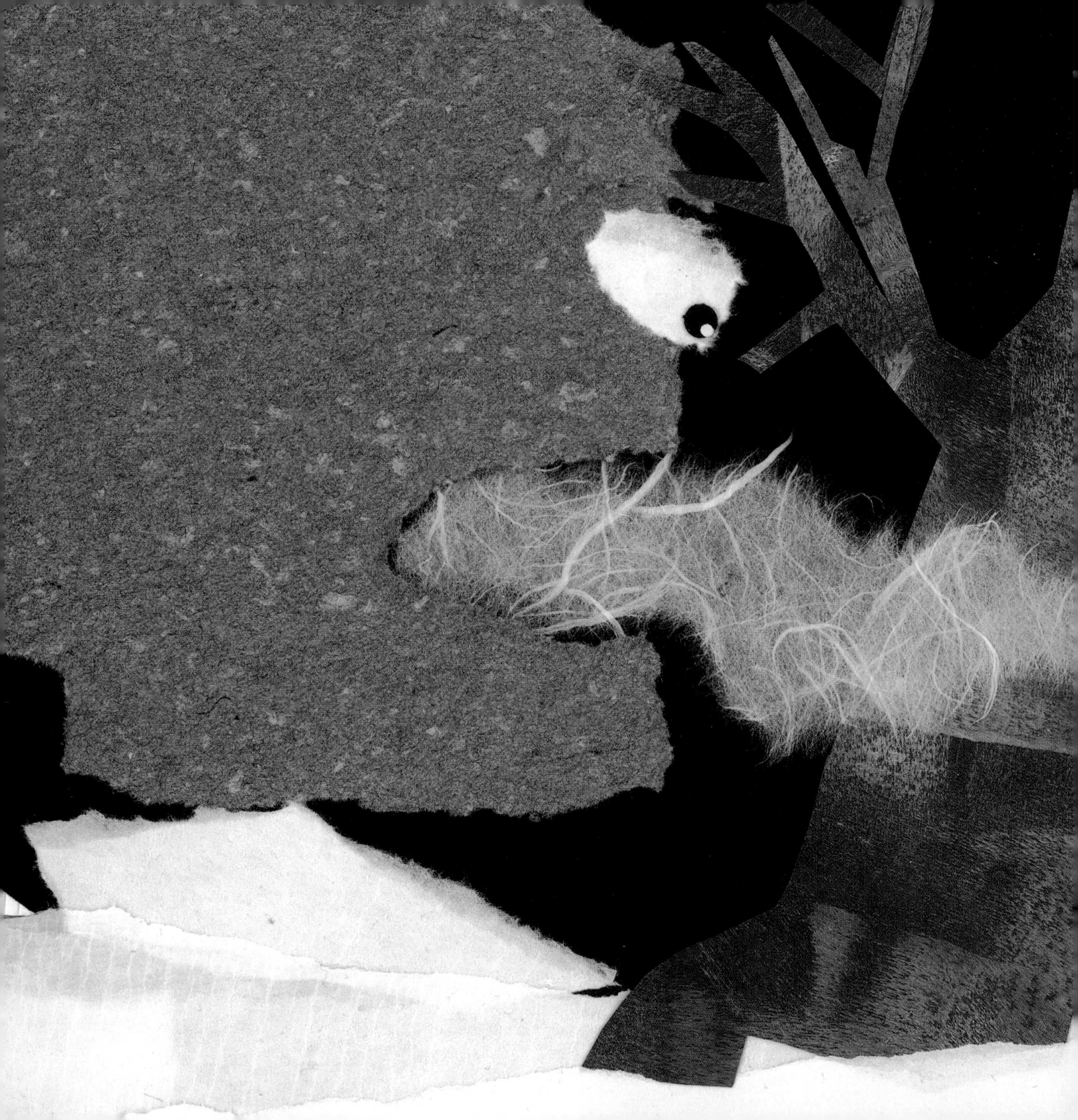

Oh,
pobrecito...

¡Malo,
mira
lo que has hecho!

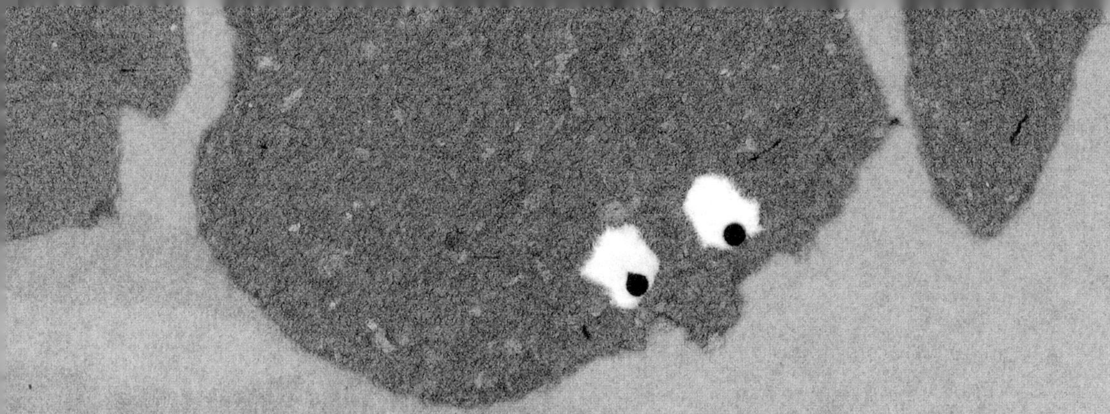

Perdón,
perdón...

Yo sólo quería
que me hicierais
cosquillas.

# Otros libros Picarona

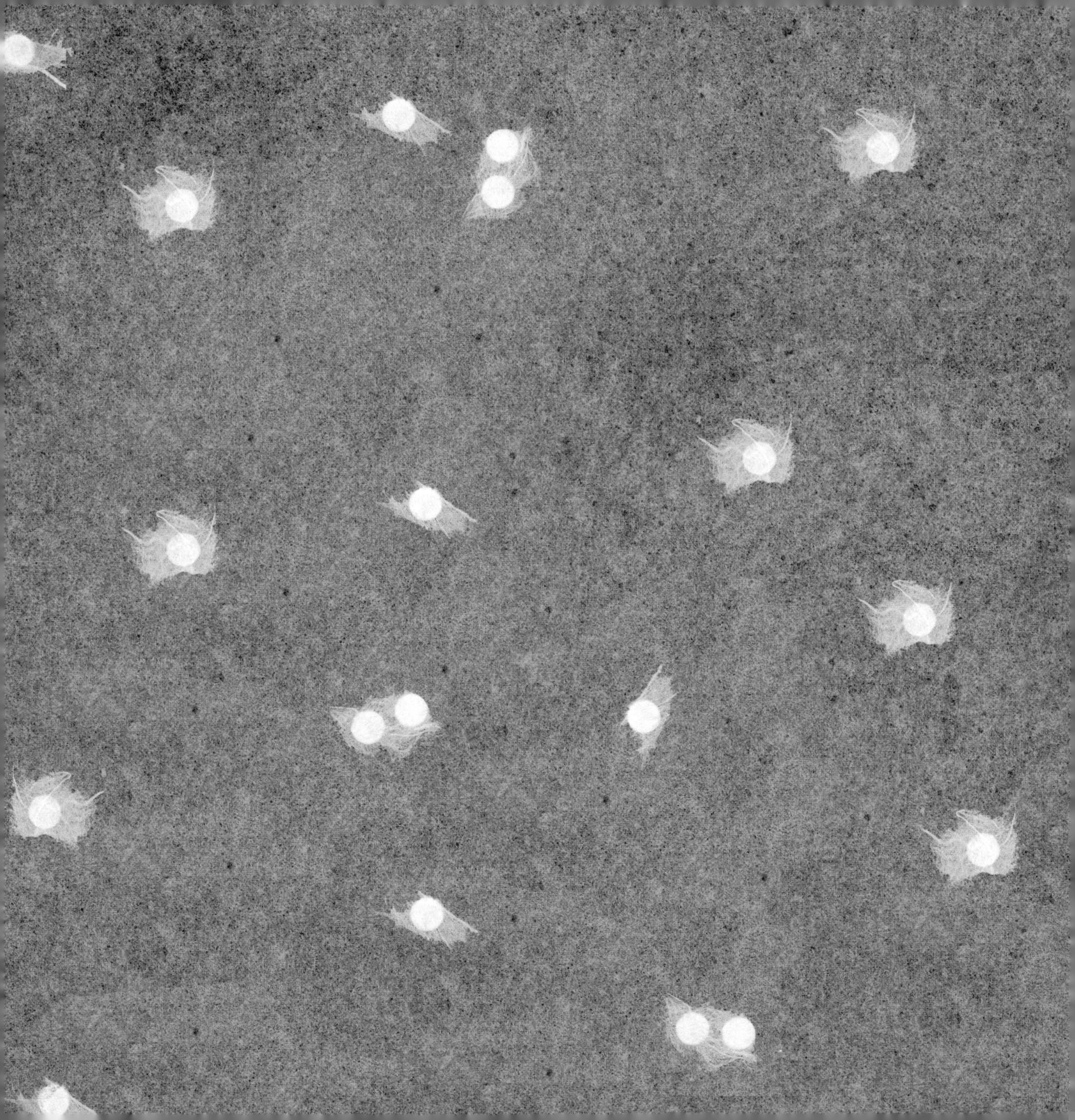